자격증 33개로
육아하는 엄마 이야기

핫세 언니의
자격증 육아

실천편

핫세 언니의 자격증 육아 [실천편]

초판인쇄	2020년 06월 17일
초판발행	2020년 06월 22일
지은이	김영희
발행인	조현수
펴낸곳	도서출판 더로드
마케팅	최관호
IT 마케팅	조용재
디자인 디렉터	오종국 Design CREO
ADD	경기도 고양시 일산동구 백석2동 1301-2
	넥스빌오피스텔 704호
전화	031-925-5366~7
팩스	031-925-5368
이메일	provence70@naver.com
등록번호	제2015-000135호
등록	2015년 06월 18일
ISBN	979-11-6338-084-9-03810

정가 14,800원

자격증 33개로
육아하는 엄마 이야기

핫세 언니의
자격증 육아

실천편

Hasse's license childcare

김영희 지음

 도서
출판 **더로드**
The Road Books

"엄마와 함께 하면 학습이 놀이가 된다"

아이와 함께 무엇을 어떻게 배울 것인가는 언제나 숙제였다. 그래서 나는 학습이 놀이가 될 수 있다면 얼마나 좋을까 고민했다. 아이가 그림에 흥미를 갖기 시작했을 때 나는 놀이 미술을 배웠다. 놀이 미술은 분야가 많아서 다양하게 활동할 수 있었다. 다행히 아이는 내가 배워오는 것마다 관심을 가지고 즐겁게 놀았다.

나는 학교와 문화센터, 도서관 등에서 오랫동안 논술을 가르쳤다. 논술이라는 것은 주어진 논제에 대한 자신의 생각을 논리적으로 쓰는 글쓰기의 한 종류다. 개념만 들어도 꽤 딱딱한 글쓰기처럼 느껴진다. 초등학생이 논술과 토론을 배우면서 상대를 설득하는 방법을 익히기도 하는데 쉽게 받아들이고 쓰는 아이는 드물다.

나는 논술이 상대를 설득시키는 글쓰기의 한 종류로서 글을 읽는 사람의 생각과 마음을 움직여야 한다고 생각한다. 때로는 지극히 논리적인 글이 오히려 상대의 마음을 동요시키기 힘들 때도 있다.

나를 만나러 오는 학생은 초등학생과 중학생이다. 그중 대부분은 초등학생이다. 가끔 대입 논술을 가르치기도 했는데 오히려 가르치기가 훨씬 편했다. 내가 하는 말을 찰떡같이 알아듣고 적용하여 논술문 한 편을 어렵지 않게 썼다.

그러나 초등학생들은 달랐다. 논술의 개념을 알려주고 글을 쓰게 하면 점하나를 못 찍고 한참을 망설인다. 그러다 한 줄도 쓰지 못하고 연필을 놓고 만다. 다독하는 아이들도 상황은 크게 다르지 않다.

나는 논술을 재미있게 가르치고 싶었다. 아이들이 재밌어야 나도 재밌다. 우선 글을 쓴다는 것이 무엇인지부터 알려 주었다. 글은 자신을 표현하는 방법 중 하나다. 자신의 생각을 춤으로 표현할 수 있고 노래로 표현할 수도 있다. 말로 표현할 수도 있고 글로 표현할 수도 있다. 자신을 표현하는 하나의 수단이라는 것을 알려 주었더니 아이들은 더이상 글쓰기를 공부로 여기지 않았다.

더 중요한 하나는 우리가 생을 살아가면서 익혀야 할 중요한 것 하나가 행복을 가늠하는 중요한 키라는 사실이다. 경청하고 논리적으로 말하고 제대로 읽고 자유롭게 쓰면 그것이 바로 행복이다. 다른 사람의 말을 경청하고 자신이 원하는 것을 논리적으로 말해서 얻고 세상과 만나는 다양한 텍스트를 제대로 읽으며 생각과 느낌을 자유롭게 쓸 수 있다면 삶이 얼마나 행복할 것인가!

듣고 말하고 읽고 쓰기는 엄마와 함께 할 때 비로소 완성된다. 학교나 학원에서 배운다고 해도 가정에서 생활화하지 않으면 그야말로 공부에 그치고 만다. 아이들에게는 논술도 지겨운 공부가 하나 늘어났다고 느껴질 뿐이다.

그래서 나는 아이와 생활 속에서 논술을 했다. 몸으로 직접 체험하고 생활 속에서 만나는 다양한 상황을 스스로 찾아 논제를 만들어 토론하고 글로 썼다. 많은 시간을 게임으로 보내는 친구들이 있다는 아이의 말을 듣고 민속놀이 도구를 같이 만들었다. 함께 만든 팽이와 투호를 가지고 반나절을 재밌게 보냈다. 놀이 중간과 쉬는 시간에 틈틈이 느낌을 나누었다. 그런 다음 느낌과 생각을 글로 썼다. 아이는 주어진 논제에 대한 자신의 생각을 어렵지 않게 써냈다.

점점 더 다양한 방식으로 놀이미술과 논술을 접목하여 논제를 만들었다. 그리고 하나씩 놀이하듯 체험하고 토론하고 글을 썼다. 그래서 만들어진 것이 자격증육아 실천편이다. 엄마와 아이가 함께 만들어가는 논술 교재인 셈이다.

엄마와 함께 하면 학습도 놀이가 된다. 자격증육아 실천편을 접하는 엄마와 아이들이 놀며 배우길 진심으로 바란다. 놀며 배우는 것이 진짜다. 주어진 논제에 대해 하루 하나씩 활동해 보고 수다를 떨 듯 짝 토론을 하고 한 줄의 의견을 쓰는 것으로 출발하면 좋겠다.

 국어를 제대로 하면 영어도 잘한다. 경청하고 논리적으로 말하고 제대로 읽고 자유롭게 쓰면 익히지 못할 공부는 하나도 없다. 그것이 행복이고 배움의 기본이다. 배움의 기본은 가정에서 엄마와 하는 것이 가장 효과적이다. 그래야 생활이 되고 어렵지 않게 배움을 이어갈 수 있다.

 엄마와 함께 하면 학습이 놀이가 된다.

2020년 6월

저자 김영희

"저자를 만난 아이들과 부모는 행복할 것 같다"

저자와 나는 독서 모임에서 만났다. 두 딸을 키우면서 일을 하는 가운데 틈틈이 책을 읽고 독서 모임을 하는 모습을 보며 의식 있는 엄마라는 생각을 했다. 나도 아이를 키웠고, 키우고 있으며 육아와 관련된 책을 출간했다. 저자와 나는 완전히 다르다. 세대가 다르고 열정이 다르고 접근통로가 다르다. 내가 만난 아이는 상처받고 사랑받지 못하고 학대를 경험하여 부모와 분리된 아이들이라면 저자를 만나는 아이들은 일반적인 가정에서 성장하는 아이들이다. 그 아이들에게 어떻게 하면 재미있게 배우고 경험하고 생각하게 할 수 있을까를 고민하며 다양한 시도를 했다. 33개의 자격증을 취득하여 아이를 키우고 학교와 학원, 그리고 도서관에서 아이들을 만나고 가르치며 경험한 이야기를 통해 엄마와 아이가 어떻게 배우고 성장해 갈 수 있는가를 이야기한다.

저자의 삶에서 배움을 덜어내면 무엇이 남을까 생각해 본다. 배우며 가르치는 일이 어쩌면 삶을 채워가는 전부인지도 모른다. 다양하게 배웠고 고정관념을 깬 다른 생각으로 접근하고 가르쳤다. 두 딸을 키웠고 15년간 교육현장에서 아이들을 만나

면서 얼마나 많은 노하우를 쌓았겠는가.

 만남의 축복이라는 말이 있다. 누구를 만나느냐에 따라 인생의 방향이 달라지는
데서 나온 말이다. 저자는 만나는 아이들과 그 부모들에게 만남의 축복을 만들어가
고 있다. 앞으로 얼마나 더 많은 변화와 발전이 이루어질지 상상하기 어렵다. 아이
를 키우는 부모라면 저자와 만나 함께 성장하고 발전해 가기를 바라는 마음으로 이
책을 추천한다.
 저자를 만난 아이들과 부모는 행복할 것 같다.

즐거운집그룹홈원장, 『육아는 리허설이 없다』, 『행복의 온도』 저자 **조경희**

"저자를 만난 아이들과 부모는 행복할 것 같다"

아이가 고학년이 되었음에도 여전히 내가 아이를 잘 키우고 있는 건가에 대한 의문점이 있었다. 이 책을 읽으면서 많은 궁금증이 해소되었다. 앞으로 어떻게 길러야 하는지 길잡이가 되는 책이다. 육아의 정석을 많은 엄마들이 함께 읽고 공감하고 실천했으면 좋겠다. 아파 본 엄마가 더 잘 키운다는 작가의 말이 눈물 날만큼 위로가 되고 나도 잘 할 수 있다는 용기가 생긴다.

– 동현, 래현 맘 **최은정**

이 책은 육아서이기도 하고 자기계발서이기도 하다. 엄마와 아이의 성장기이기도 해서 감동과 여운이 오래도록 남는다. 지금 한창 아이를 키우고 있는 내가 앞으로 어떤 마음과 자세로 아이를 대해야 할지를 알게 해준 고마운 책이다. 아이와 함께 성장하는 엄마 이야기가 읽는 내내 무척 힘이 되었다.

– 우성 맘 **박미림**

아이의 관심사를 공유하기 위해 시작된 행동이 자격증 취득이란 결과로 이어졌다.

아이와 함께하기 위한 기본에 충실한 행동이었다. 육아와 자기 계발, 이 두 단어를 듣고 자신 있다 말할 수 있는 사람은 드물 것이다. 힘들다 생각하는 것 자체가 그것을 어렵게 만드는 유일한 원인이라는 말처럼 이 책을 읽고 나 또한 생각과 마음을 바꿔 먹었다. 아이를 키우는 모든 부모에게 아이와 함께 성장할 수 있는 해답이 있는 이 책을 강력하게 추천한다.

- 지후, 선후 맘 김소희

아이들을 사랑하는 마음만 가지고 별 생각 없이 육아를 했는데 이 책을 읽고 뒤통수를 한대 얻어맞은 기분이다. 불가능할거라 생각했던 두 마리 토끼잡기. 엄마의 일과 육아를 병행하는 일, 힘들다 생각 하는 것 자체만이 그것을 어렵게 만드는 유일한 이유라는 말이 가슴 깊이 꽂힌다. 인생의 큰 가르침을 주는 고마운 책을 많은 분들과 함께 공유하고 싶다.

- 고원, 형도 맘 최윤주

Contents | 차례

프롤로그 _ 04   추천의 글 _ 10

[제1장] **체험 논술**

01   재연 논술   18

02   창작 논술   32

03   책 체험 논술   35

04   인터뷰 논술   38

05   진로 논술   44

06   음악 논술   49

07   생활 논술   50

[제2장] **조형 논술**

01   컴퓨터 게임 vs 전통놀이   64

02   조선시대 주민등록증, 호패   65

03   계절 논술, 봄 Ⅰ   66

04   계절 논술, 봄 Ⅱ   67

05   계절 논술, 봄 Ⅲ   68

06 우리나라 국경일 69

07 가족신문 액자 70

08 건국인물 난생설화 71

09 스마트폰, 꼭 필요해? 72

10 페스트푸드 편리해? 73

11 결혼은 꼭 해야하나 74

12 인성보다 중요한 것 75

13 꽃에도 표정이 있다 76

14 즐거운 우리 집 77

15 나를 객관적으로 바라보기 78

16 경복궁, 왕의 하루 79

17 계절 논술, 여름 Ⅰ 80

18 계절 논술, 여름 Ⅱ 81

19 계절 논술, 여름 Ⅲ 82

20 계절 논술, 여름 Ⅳ 83

21 계절 논술, 가을 Ⅰ 84

22 계절 논술, 가을 Ⅱ 85

23 계절 논술, 가을 Ⅲ 86

24 계절 논술, 가을 Ⅳ   87

25 계절 논술, 가을 Ⅴ   88

26 계절 논술, 겨울 Ⅰ   89

27 계절 논술, 겨울 Ⅱ   90

28 계절 논술, 겨울 Ⅲ   91

29 계절 논술, 겨울 Ⅳ   92

30 감사편지 쓰기   93

31 지구의 입장에서 생각해보기   94

32 소중한 나의 이름   95

33 빼빼로데이는 누가 만들었어?   96

34 크리스마스에 대한 나의 생각   97

35 한국사 논술 Ⅰ   98

36 한국사 논술 Ⅱ   99

37 한국사 논술 Ⅲ   100

38 한국사 논술 Ⅳ   101

39 한국사 논술 Ⅴ   102

40 한국사 논술 Ⅵ   103

41 한국사 논술 Ⅶ   104

42　한국사 논술 Ⅷ　　　　　　　105

43　한국사 논술 Ⅸ　　　　　　　106

44　한국사 논술 Ⅹ　　　　　　　107

45　역사　　　　　　　　　　　108

46　TV는 바보상자?　　　　　　109

47　책은 내 친구다　　　　　　110

48　메모는 중요해　　　　　　　111

49　만화책도 책이야?　　　　　　112

50　청소는 즐겁다　　　　　　　113

51　음식으로 한국 알리기　　　　114

52　한글로 우리나라 알리기　　　115

53　친구 직업 찾아주기　　　　　116

54　태극기 소중히 다루기　　　　117

55　유교전통이 뭐야?　　　　　　118

다른 사람의 말을 경청하고 자신이 원하는 것을
논리적으로 말해서 얻고 세상과 만나는 다양한 텍스트를
제대로 읽으며 생각과 느낌을 자유롭게 쓸 수 있다면
삶이 얼마나 행복할 것인가!

Hasse's license childcare

PART

01

체험 논술

01 | 재연 논술

1) 빈 칸을 채워 보세요.

보기	행복이 __노란색 바지를 입은 예쁜 친구의__ 머리에 내립니다.

행복이 _____ 머리에 내립니다.

행복이 _____ 손에 내립니다.

행복이 _____ 다리에 내립니다.

행복이 _____ 의 _____ 에 내립니다.

〈행복이 내려앉은 친구를 그려 봅니다.〉

2) 표정보고 연상하기

_____

_____

_____

_____

_____

_____

_____

_____

_____

_____

_____

_____

_____

_____

_____

---

3) 일화 정하기

〈기억나는 장면 그리기〉

기억나는 단어 혹은 문장 :

_____

_____

줄거리 :

_____

_____

_____

_____

_____

제목 정하기 :

_____

4) 연극체험

연극은 음악 · 무용과 같이 공연(公演)의 형태를 취하기 때문에 공연예술 또는 무대예술이라고 한다.

연극을 구성하는 본질적 요소로서 흔히 배우 · 무대 · 관객 그리고 희곡의 4가지를 든다. 배우는 연기자로서 연극의 핵심이고 연극이 '살아 있는 예술'임을 밝히는 가장 중요한 표시가 된다. 그러나 배우를 대신해서 인형(꼭두각시)이 대신하는 경우가 있고 가면(탈)을 씀으로써 인물을 가장하기도 한다. 무대는 연희하는 장소로서 옥외(屋外)의 놀이판, 굿판에서 현대식 극장무대에 이르기까지 각양각색이나 연희하는 장소로서의 개념은 연극에서 빼놓을 수 없다. 관객은 단순한 구경꾼에서 연극에 창조적으로 참여하는 경우에 이르기까지 다양한 역할을 하며 무대와 객석의 호흡은 공연의 성과를 언제나 좌우한다. 희곡 또한 즉흥적, 유동적 성격의 단순한 줄거리 정도에서부터 고도의 문학적 표현을 담은 극문학(劇文學)에 이르기까지 성격이 다양하나, '드라마'에는 사람(등장인물)을 중심에 두고서, 그들 사이의 관계(대립 · 갈등)가 꾸며내는 일정한 '이야기'를 필요로 하기 때문에 희곡 또는 극본(劇本)은 매우 중요한 구실을 한다.

① 연극과 영화의 가장 큰 차이점은 무엇일까요?

② 연극의 4요소에 대해 쓰세요.

5) 희곡 쓰기

① 제목 :

② 작가 :

③ 등장인물 : 이름   (역 :   )

〈제 1막 – 1장〉

① 배경 :

② (지문) 및 대사

_____ : _____

_____ : _____

_____ : _____

_____ : _____

_____ : _____

_____ : _____

_____ : _____

_____ : _____

_____ : _____

_____ : _____

〈제 1막 – 2장〉

① 배경 :

② (지문) 및 대사

_____ : _____

_____ : _____

_____ : _____

_____ : _____

_____ : _____

_____ : _____

_____ : _____

_____ : _____

_____ : _____

_____ : _____

_____ : _____

_____ : _____

_____ : _____

〈제 1막 - 3장〉

① 배경 :

② (지문) 및 대사

_____ : _____

_____ : _____

_____ : _____

_____ : _____

_____ : _____

_____ : _____

_____ : _____

_____ : _____

_____ : _____

_____ : _____

_____ : _____

_____ : _____

_____ : _____

6) 재연하기

✳ 역할 정하기 – 연습 – 재연

① 사건 재연 후 느낀 점 :

_____

_____

_____

_____

_____

_____

_____

② 관람 후 느낀 점 :

_____

_____

_____

_____

_____

_____

_____

7) 논제 정하기

＊ 여러 가지 논제

_____

_____

＊ 정해진 논제

_____

_____

＊ 개요 짜기〈자신의 입장 정리〉

주장 : _____

근거 1 _____

근거 2 _____

근거 3 _____

결론 : _____

알아 두면
좋아요

- **귀납추론** : 구체적인 사실을 전제로 하여 일반적인 원리를 결론으로 이끌어 내는 방식.
- **연역추론** : 일반적인 원리를 전제로 내세운 다음 구체적인 사실을 결론으로 이끌어 내는 방식.
- **토론** : 어떤 문제에 대하여 여러 사람이 각각의 의견을 말하며 논의하는 것.(상대 설득이 목적)
- **토의** : 어떤 문제에 대하여 여러 사람이 검토하고 협의 하는 것.(문제해결 및 협의가 목적)
- **원탁토의** : 회의 방법의 하나로 10명 내외의 소규모 집단이 참가자의 연령, 직책, 직위 등의 구별 없이 평등한 입장에서 자유롭게 의견을 나누는 말하기.

8) 토론하기

찬　성 :

반　대 :

사회자 :

배심원 :

---

1. 찬성 측 입론 :

2. 반대 측 입론 :

3. 반대 측 반론 펴기 :

4. 찬성 측 반론 펴기 :

5. 찬성 측의 반론 꺾기 :

6. 반대 측의 꺾기 :

7. 반대 최종 변론 :

8. 찬성 최종 변론 :

---

1. 토론 후 바뀐 나의 생각 :

2. 내가 생각하는 최고의 주장과 논리적 근거 :

3. 토론 짱 :

4. 종합적 의견 :

9) 논술하기

1. 논제 :

2. 주장 :

3. 근거 : ①

        ②

        ③

4. 논술하기

_____

_____

_____

_____

_____

_____

_____

_____

 **02** │ 창작 논술

1) 동화책의 그림을 보고 표지 그리기

2) 제목 정하기

제목 :

이유 :

3) 이야기 만들기

컷 : _____

내용 :

_____

_____

_____

_____

_____

_____

_____

4) 이야기 속 이야기 거리(원탁토의)

① 원탁토의 주제 : _____

② 나의 의견 : _____

_____

③ 다른 사람의 의견 정리 : _____

_____

④ 해결 방안 모색 : _____

_____

⑤ 결론 : _____

_____

5) 우리 집 원탁토의

① 주제 : _____

② 나의 의견 : _____

③ 해결 방안 모색 : _____

_____

④ 가족과 함께 해결 방안 모색하기

03 | 책 체험 논술

1) 좋아하는 책을 소개해 보아요.

① 제목 : _____

② 내용 : _____

_____

_____

_____

_____

_____

③ 이 책을 좋아하는 이유 : _____

_____

_____

_____

_____

_____

_____

2) 좋아하는 작가

① 작가 이름 :

_____

② 작품 활동 :

_____

_____

③ 좋아하게 된 이유와 작가 소개 :

_____

_____

_____

3) 출판과정에 대해 아는 대로 써 보아요.

_____

_____

_____

4) 북 아트 체험

① 미니 북 만들기 후 느낌 :

_____

_____

② 전통 책 만들기 후 느낌 :

_____

_____

5) 나만의 책 만들기

① 제목 :
_____

② 내용 :
_____

_____

_____

_____

_____

_____

_____

_____

_____

_____

_____

04 | 인터뷰 논술

1) 신문의 구성요소

① 제호 : 신문 이름
② 호수 : 당일까지 발행된 신문의 횟수
③ 표제 : 기사의 제목
④ 기사 : 알리려는 정보
⑤ 돌출 광고 : 툭 튀어나온 광고
⑥ 발행일 : 발행된 날짜
⑦ 사진과 사진 설명
⑧ 광고 : 상품을 팔기 위해 알리는 사진 또는 글

＊신문 구성요소 표시하기

2) 가족신문 만들기

3) 인터뷰 기사 쓰기

Q : 이번 연주회를 위해 어떤 준비를 하셨나요?

A :

Q : 힘들진 않으신지요?

A :

Q :

A : 요가와 수영을 꾸준히 하고 있어요.

Q : 언제부터 피아니스트를 꿈꾸셨나요?

A :

Q : 어떤 계기로 피아노를 시작하셨나요?

A :

Q : 피아니스트가 되기 위해 어떤 과정을 거치셨나요?

A :

Q : 피아니스트 외에 꿈꿔본 일이 있으신가요?

A :

Q :

A :

Q : 언제부터 우주비행사를 꿈꾸셨나요?

A :

Q : 힘들진 않으세요?

A :

Q :

A : 힘든 훈련을 꾸준히 하고 있습니다.

Q : 우주비행사가 되겠다고 결심한 계기가 있었나요?

A :

Q : 우주비행사가 되기 위해 어떤 과정을 거치셨나요?

A :

Q :

A :

Q : 우주비행사 외에 꿈꿔본 일이 있으신지요?

A :

Q :

A :

Q : 우주비행사를 꿈꾸는 아이들에게 해주고 싶은 말씀이 있으신지요?

A :

Q : 언제부터 검도관장님을 꿈꾸셨나요?

A :

Q : 힘들진 않으세요?

A :

Q :

A : 지금도 훈련을 게을리 하지 않고 꾸준히 합니다.

Q : 검도관장이 되겠다고 결심한 계기가 있었나요?

A :

Q : 검도관장이 되기 위해 어떤 과정을 거치셨나요?

A :

Q :

A :

Q : 검도관장 외에 꿈꿔본 일이 있으신지요?

A :

Q :

A :

Q : 검도관장을 꿈꾸는 사람들에게 해주고 싶은 말씀이 있으신지요?

A :

Q : 언제부터 의사를 꿈꾸셨나요?

A :

Q : 힘들진 않으세요?

A :

A : 지금도 연구를 게을리 하지 않고 꾸준히 합니다.

Q : 의사가 되겠다고 결심한 계기가 있었나요?

A :

Q : 의사가 되기 위해 어떤 과정을 거치셨나요?

A :

Q :

A :

Q : 의사 외에 꿈꿔본 일이 있으신지요?

A :

Q :

A :

Q : 의사를 꿈꾸는 사람들에게 해주고 싶은 말씀이 있으신지요?

A :

05 | 진로 논술

1) 직업의 이해

※ 직업 : 생계를 유지하기 위하여 자신의 적성과 능력에 따라 일정한 기간 동안 계속하여 종사하는 일.

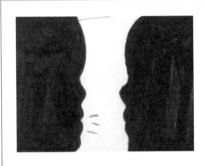

상담사 : 서로 의논하여 문제를 해결할 수 있도록 도와주거나 궁금증을 풀어 주는 일을 전문으로 하는 사람.

①심리상담사 : 아동 문제, 청소년 문제, 성인 문제, 직장 문제, 노인 문제 따위와 관련된 심리적인 문제를 해결할 수 있도록 조언해 주는 일을 전문으로 하는 사람.

②청소년상담사 : 청소년 문제와 관련하여 청소년에게 문제를 해결할 수 있도록 조언해 주는 일을 전문으로 하는 사람.

③가정복지상담사 : 가정의 해체문제를 예방하고 해결하기 위한 제반조치와 가족의 부양, 육성, 양육, 보호, 교육 등 국가의 건강가정정책에 일조하고 가정문화생활을 발전시키며 양성평등에 입각한 가정문제의 해소에 도움을 주는 전문가를 일컫는다.

＊상담사로서 일하며 가장 보람을 느끼는 순간은 언제일까요?

_____

_____

_____

_____

_____

_____

①축구선수 :

②피겨스케이팅선수 :

③수영선수 :

④

⑤

⑥

⑦

운동선수 : 운동 경기에 뛰어난 재주가 있거나 전문적으로 운동을 하는 사람

①작곡가 : 작곡에 정통하여 전문적인 기술을 가지고 음악 창작에 종사하는 사람.

②지휘자 : 합창이나 합주 따위에서, 노래나 연주를 앞에서 조화롭게 이끄는 사람.

③연주가 : 연주를 잘하거나 그것을 전문적으로 하는 사람.

음악가 : 음악을 전문으로 하는 사람.

④성악가 : 성악을 전문적으로 하는 음악가

＊ 자신이 관심 있는 분야에 대해 이유와 함께 구체적으로 서술하시오.

_____

_____

_____

_____

2) 직업 탐색

＊세상에는 많은 직업이 있습니다. 자신이 관심 있는 3가지 분야에 대해 설명해 보세요.

3) 직업 선택

＊ 자신의 꿈과 열정을 담아 일하고 싶은 한 분야를 선택하여 자세히 설명해 보세요.

※ ＿＿＿＿＿＿＿＿ :	

4) 과정과 교육

＊자신이 선택한 분야에서 일하기 위해서는 어떤 과정을 거쳐야 할까요?

과정	교육

5) 목표 세우기

＊최종 목표를 선언문 형식으로 써 보아요.

6) 계획 세우기

＊ 20년 후의 꿈을 이룬 자신의 모습을 떠올리며 구체적으로 목표를 세워 봅시다.

20년 (년 세)	10년 (년 세)	5년 (년 세)	3년 (년 세)	1년 (년 세)

＊ 나의 꿈을 이루기 위해 지금 당장 시작해야 할 일을 정리해 봅시다.

지금(년 세) 당장 시작해야 할 일!				

 **06** | 음악 논술

1) 자신이 좋아하는 노래를 정하여 논제를 발췌한다.

〈예시1〉 ♪ Doc와 함께 춤을 ♪

"젓가락질 잘해야만 밥을 먹나요. 잘못해도 서툴러도 밥 잘 먹어요!"

<u>-젓가락질은 편한대로 해도 된다.-</u>

〈예시2〉 ♪ **여름이야기** ♪

"나도 울고 하늘도 울고 아~ 슬프다!"

<u>-하늘이 우는 이유를 논리적으로 서술하시오.-</u>

노래 제목 : _____

가사 : _____

논제 : _____

2) 논술하기

_____

_____

_____

_____

_____

07 | 샐활 논술

1) 층간 소음을 해결할 수 있는 방법을

	위층 VS 아래층
	최근 층간 소음이 원인이 되어 위아래 이웃사촌 간에 큰 다툼이 비일비재 하게 일어나고 있습니다. 소음으로 인해 스트레스가 쌓인 위층 입주자가 아래층 주민을 대상으로 항의 하고 그에 공격적으로 대응하여 결국 싸움으로 번지고 심지어 상해를 입히고 죽음에 까지 이르게 하는 사건들이 심심치 않게 일어나고 있습니다. 이에 대한 자신의 생각을 쓰고 층간 소음을 해결할 수 있는 방법을 논리적으로 써 보세요.

〈개요 짜기〉

주장 : ＿＿＿＿＿＿＿＿＿＿＿＿＿＿＿＿＿＿＿＿＿＿＿＿＿＿＿＿＿＿＿

＿＿＿＿＿＿＿＿＿＿＿＿＿＿＿＿＿＿＿＿＿＿＿＿＿＿＿＿＿＿＿＿

근거 1. ＿＿＿＿＿＿＿＿＿＿＿＿＿＿＿＿＿＿＿＿＿＿＿＿＿＿＿＿＿

근거 2. ＿＿＿＿＿＿＿＿＿＿＿＿＿＿＿＿＿＿＿＿＿＿＿＿＿＿＿＿＿

근거 3. ＿＿＿＿＿＿＿＿＿＿＿＿＿＿＿＿＿＿＿＿＿＿＿＿＿＿＿＿＿

＿＿＿＿＿＿＿＿＿＿＿＿＿＿＿＿＿＿＿＿＿＿＿＿＿＿＿＿＿＿＿＿

결론 : ＿＿＿＿＿＿＿＿＿＿＿＿＿＿＿＿＿＿＿＿＿＿＿＿＿＿＿＿＿＿

＿＿＿＿＿＿＿＿＿＿＿＿＿＿＿＿＿＿＿＿＿＿＿＿＿＿＿＿＿＿＿＿

〈논술문 쓰기〉

2) 교통사고의 원인 제공자

	〈오토바이에 치인 개〉
	오토바이 운전자가 도로에 뛰어 든 개를 미처 발견하기 못하고 치는 사고가 일어났습니다. 이 사고에 원인을 제공한 자가 누구인지 논리적으로 써보세요. (단, 3명이상의 원인 제공자를 쓰고 그렇게 각 하는 이유를 논리적으로 쓸 것.)
〈그림이나 단어로 상황을 표현하기〉	

〈개요 짜기〉

서론 : _____

_____

본론 : _____

근거 1. _____

근거 2. _____

근거 3. _____

_____

결론 : _____

_____

〈논술문 쓰기〉

3) 나의 일상 속 가장 중요한 가치

	〈내게 가장 중요한 가치〉
	자신의 하루를 머릿속에 떠올려보세요. 그림으로 그려도 좋고 단어로 써도 좋습니다. 일의 순서를 정해도 좋겠네요. 자신이 왜 학교에 가고 학원을 다니는지 생각해 본 적 있나요? 자신이 가장 중요하다고 생각하는 가치에 대하여 논리 있게 써봅시다.
나에게 가치 있는 단어를 쓰세요.	

〈개요 짜기〉

서론 : _____

_____

본론 : _____

근거 1. _____

근거 2. _____

근거 3. _____

_____

결론 : _____

_____

〈논술문 쓰기〉

4) 내 몸에 운동이 필요한 이유

사람들은 매일 음식을 섭취하고 움직이고 화장실을 가며 생활합니다.

음식을 섭취해야 하는 이유는 우리 몸에 필요한 영양소를 채워 움직일 수 있게 하기 위함입니다.

그런데 운동을 해야 하는 이유가 뭘까요?

우리 몸에 운동이 필요한 이유를 논리적으로 써보세요.

〈개요 짜기〉

서론 : _____

_____

본론 : _____

근거 1. _____

근거 2. _____

근거 3. _____

_____

결론 : _____

_____

〈논술문 쓰기〉

5) 내가 디자인하는 나의 삶

아침에 눈을 뜨면 제일 먼저 무슨 생각을 하세요? "아.. 더 자고 싶다.." "오늘도 학교 가야해?" 아침에 무슨 생각으로 하루를 여느냐에 따라서 하루가 달라집니다. 삶도 마찬가지입니다. 사는 이유, 왜 살고 무엇을 하며 살지는 자신이 결정하는 거에요. 내가 디자인하는 삶은 어떠할지 논리적으로 써 보세요.	

〈개요 짜기〉

서론 : _____

_____

본론 : _____

근거 1. _____

근거 2. _____

근거 3. _____

_____

결론 : _____

_____

〈논술문 쓰기〉

6) 함께 디자인하는 삶

아침에 눈을 뜨면 제일 먼저 무슨 생각을 하세요?

"아.. 더 자고 싶다.."

"오늘도 학교 가야해?"

아침에 무슨 생각으로 하루를 여느냐에 따라서 하루가 달라집니다.

삶도 마찬가지입니다. 사는 이유, 왜 살고 무엇을 하며 살지는 자신이 결정하는 거에요.

어떤 사람을 만나 무슨 일을 하며 살지 생각해 본 적 있나요? 함께 디자인하는 삶은 어떠할지 논리적으로 써보세요.

〈개요 짜기〉

서론 : _____

_____

본론 : _____

근거 1. _____

근거 2. _____

근거 3. _____

_____

결론 : _____

_____

〈논술문 쓰기〉

다양한 방식으로
놀이미술과 논술을 접목하여 하나씩 놀이하듯
체험하고 토론하고 엄마와 함께 하면
학습도 놀이가 된다.

PART

02

조형 논술

01 | 컴퓨터 게임 vs 전통놀이

논제 : 컴퓨터 게임은 정신 건강과 육체 건강을 해친다.

팽이 만들기		투호 만들기	

＊ 자신의 의견을 논리 있게 써 봅시다.

주장 :
_____

_____

근거 1.
_____

근거 2.
_____

근거 3.
_____

_____

결론 :
_____

_____

02 | 조선시대 주민등록증, 호패

논제 : 조선시대 호패를 보면 알 수 있었던 사실과 호패를 만든 이유를 쓰시오.

호 패 만 들 기

호 패 를 보이시오

 **03** | 봄 I

논제 : "봄은 노란색이다." 라는 명제에 대한 자신의 생각을 논리 있게 써 봅시다.

계 절 판 만 들 기	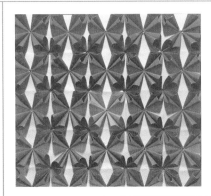	

* 자신의 의견을 논리 있게 써 봅시다.

주장 :

_____

_____

근거 1.

_____

근거 2.

_____

근거 3.

_____

_____

결론 :

_____

_____

 봄 Ⅱ

논제 : 봄과 연관되는 단어를 쓰고 그렇게 생각하는 이유를 논리적으로 쓰시오.

종이로 봄 글자 표현하기

봄내음 술술술
별들도 원원원
내 눈에 봄 맞춤 보이네

_____

_____

_____

_____

_____

_____

_____

_____

05 | 봄 Ⅲ

논제 : 봄에만 특별히 할 수 있는 활동에 대해 쓰시오.

봄에만 특별히 할 수 있는 활동 표현하기

06 | 우리나라 국경일

광복절	• •	우리나라의 건국을 기념하기 위하여 제정
제헌절	• •	우리나라의 헌법을 제정·공포한 것을 기념하기 위해 제정
개천절	• •	우리나라의 광복을 기념하기 위하여 제정
3·1절	• •	국권회복을 위해 민족자존의 가치를 드높였던 선열들의 위업을 기리고 1919년의 3·1독립정신을 계승하고 발전시켜 민족의 단결과 애국심을 고취하기 위하여 제정
한글날	• •	세종대왕이 창제한 훈민정음의 반포를 기념하기 위해 제정

국경일 북아트 만들기

주장 : _____

근거 1. _____

근거 2. _____

근거 3. _____

결론 : _____

 **07** | 가족신문 액자

논제 : 家和萬事成(가화만사성)의 의미를 쓰고 자신의 경험을 써 봅시다.

〈우리가족 신문 만들기〉

가족신문액자

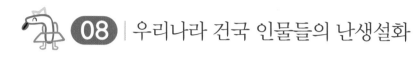 08 | 우리나라 건국 인물들의 난생설화

논제 : 우리나라 건국 인물들이 알에서 태어난 이유를 논리적으로 쓰세요.

건국 인물의 이름을 쓰세요.

09 | 스마트폰, 꼭 필요해?

논제 : 초등학생에게 스마트폰은 꼭 필요하다.

스마트폰을 그리거나 만들어 보세요.

10 페스트푸드 편리해?

논제 : 패스트푸드는 빨리 먹을 수 있어서 생활에 편리하다.

햄버거를 그리거나 만드세요.

11 | 결혼은 꼭 해야하나

논제 : 결혼은 꼭 해야 한다.

가상 청첩장 만들기	

12 | 지식과 인성

논제 : 인성보다 지식을 쌓는 것이 중요하다.

인성이란 뭘까요?	지식이란 뭘까요?

_____

_____

_____

_____

_____

_____

_____

 **13** 꽃

논제 : 꽃에도 표정이 있다.

꽃 화분 만들기

 **14** | 집

논제 : '즐거운 우리 집' 이라는 제목으로 한 편의 글을 완성하시오.

자신이 원하는 집을 그리세요.

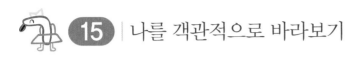

15 | 나를 객관적으로 바라보기

논제 : 나를 타인으로 바라보며 장점과 단점을 쓰고 적합한 직업군에 대해 논하시오.

생활논술 창시자	**이야기 꾼**
장점을 긍정적 언어를 통해 상징적으로 표현하기(POP)	

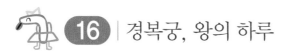

16 | 경복궁, 왕의 하루

논제 : 왕에 일과에 대한 자신의 생각을 쓰시오.(왕의 입장, 만약 내가 왕이라면..)

왕의 모습을 그려 보아요.

경복궁, 왕의 하루는 어떨까요?

17 │ 여름 Ⅰ

논제 : "여름은_____계절이다." 밑줄에 알맞은 문구를 넣고 그렇게 생각하는 이유를
논리적으로 쓰시오.

여름 표현하기

18 여름 Ⅱ

논제 : 여름과 연관되는 단어를 쓰고 그렇게 생각하는 이유를 논리적으로 쓰시오.

종이로 여름 글자 표현하기 / POP / 종이접기		

 **19** │ 여름 Ⅲ

논제 : "여름"을 제목으로 한 편의 시를 완성하시오.

여름 꽃 그리기

 **20** 여름 Ⅳ

논제 : "여름"을 제목으로 한 편의 글을 완성하시오.

여름에만 특별히 할 수 있는 활동 표현하기

 **21** | 가을 Ⅰ

논제 : "가을은 _____ 계절이다." 밑줄에 알맞은 문구를 넣고 그렇게 생각하는 이유를
논리적으로 쓰시오.

종이로 가을 표현하기

 **22** | 가을 Ⅱ

논제 : 가을과 연관되는 단어를 쓰고 그렇게 생각하는 이유를 논리적으로 쓰시오.

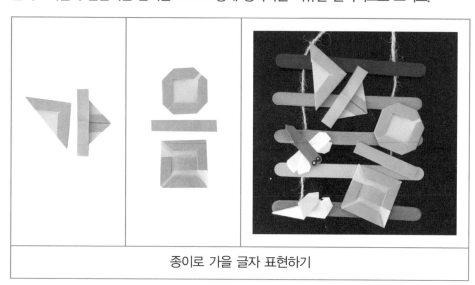

종이로 가을 글자 표현하기

23 | 가을 Ⅲ

논제 : "가을"을 제목으로 한 편의 시를 완성하시오.

가을 – 그림으로 표현하기.

 **24** | 가을 Ⅳ

논제 : "가을"을 제목으로 한 편의 글을 완성하시오.

가을에만 특별히 할 수 있는 활동 표현하기

25 | 가을 Ⅴ

논제 : "가을의 아름다움"이란 제목으로 한 편의 글을 완성하시오.

종이접기로 단풍, 코스모스, 사과 표현하기		

 **26** 겨울 Ⅰ

논제 : 겨울과 연관되는 단어를 쓰고 그렇게 생각하는 이유를 논리적으로 쓰시오.

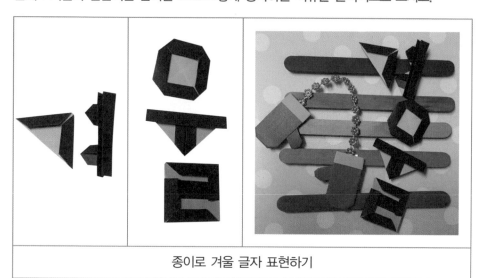

종이로 겨울 글자 표현하기

27 | 겨울 Ⅱ

논제 : 겨울에만 특별히 할 수 있는 활동에 대해 쓰시오.

겨울에만 특별히 할 수 있는 활동 표현하기

28 | 겨울 Ⅲ

논제 : "겨울"을 제목으로 한 편의 시를 완성하시오.

겨울 꽃 그리기

29 | 겨울 Ⅳ

논제 : "겨울의 아름다움"이란 제목으로 한 편의 글을 완성하시오.

종이로 겨울 글자 만들기	겨울 모습 그리기	겨울하면 생각나는 것 쓰기
겨울 표현하기		

 **30** | 감사편지 쓰기

논제 : 올 한 해를 돌아보며 감사한 분들에게 편지를 써 봅시다.

눈사람 엽서(겨울 작품 2) 사랑의 메모 장식 만들기

_____

_____

_____

_____

_____

_____

_____

 **31** | 환경오염

논제 : 지구의 입장에서 인간의 환경오염을 비판하시오.

지구 의인화하기

32 │ 소중한 나의 이름

논제 : '소중한 나의 이름' 이라는 제목으로 한 편의 글을 완성하시오.

내 이름을 예쁘게 꾸며 보세요.

한글 디자인 "아름다운 나의 이름"

 **33** │ 기념일

논제 : 빼빼로 day 등 각종 기념일에 대한 자신의 생각을 논리적으로 쓰시오.

　(단, 1. 누군가에 의해 만들어졌을지 생각해 보고 2. 만든 이유에 대해 쓸 것)

클레이로 과자집을 만들어 보세요.

 **34** | 크리스마스

논제 : 크리스마스에 대한 자신의 생각을 논리적으로 쓰시오. (단, 아래의 조건이 충족될 것)
(조건 : 1. 색깔 2. 풍경 3. 사람들의 표정 4. 계절적 표현 5. 한 해의 마무리)

칫솔과 물감으로 크리스마스카드 만들기

 **35** | 한국사 Ⅰ

논제 : 3.1운동 진압 과정에서 벌어진 제암리 학살 사건에 대한 자신에 생각을 논리 있게 쓰시오. (단, 아래의 조건이 충족될 것) ＊조건 : 1. 유관순 2. 농민 3. 학생

종이를 이용하여 태극기를 만들고 구성별 의미를 써보세요.

태극기 book 만들기

 **36** 한국사 Ⅱ

논제 : 일제강점기 친일파에 대한 자신에 생각을 논리 있게 쓰시오. (단, 아래의 조건이
충족될 것) * 조건 : 1. 무단 통치 2. 두려움 3. 생명

클레이를 이용해 태극기 만들기

 **37** 한국사 Ⅲ

논제 : 무장 독립 투쟁에 대한 자신에 생각을 논리 있게 쓰시오. (단, 아래의 조건이 충족될 것) ＊조건 : 1. 목숨 2. 전쟁 3. 민족 말살 정책

그림으로 표현하기

38 | 한국사 Ⅳ

논제 : 전쟁에 대한 자신의 생각을 논리적으로 쓰고 세계평화를 위한 선언문을 작성하시오.

평화 선언문

39 | 한국사 V

논제 : 신사 방화 사건에 대한 자신에 생각을 논리적으로 쓰시오.

폭력 및 방화 방지 슬로건 (POP)

논제 : 창씨개명에 대한 자신에 생각을 논리 있게 쓰시오. (단, 아래의 조건이 충족될 것)

＊조건 : 1. 민족 말살 정책 2. 이름 3. 독립운동

신고산이 우루루 화물차 가는 소리에 지원병 보낸 어머니 가슴만 쥐어뜯고요 어랑 어랑 어허야 양곡 배급 적어 콩깻묵만 먹고 사누나 신고산이 우루루 화물차 가는 소리에 정신대 보낸 어머니, 딸이 가엾어 울고요. 어랑 어랑 어허야 풀만 씹는 어미 소 배가 고파 우누나. 신고산이 우루루 화물차 가는 소리에 금붙이 쇠붙이 밥그릇마저 모조기 긁어 갔고요. 어랑 어랑 어허야 이름 석 자 잃고서 족보만 들고 우누나.	
시화 (POP)	

41 | 한국사 Ⅶ

논제 : 자신이 독립투사가 되었다고 생각하고 만나지 못하는 가족들에게 편지를 써 보세요.

	강보에 싸인 두 아들, 모순과 담에게
	너희도 만일 피가 있고 뼈기 있다면 반드시 조선을 위해 용감한 투사가 되어라. 태극의 깃발을 높이 드날리고 나의 빈 무덤 앞에 찾아와 한 잔의 술을 부어 놓아라. 그리고 너희들은 아비 없음을 슬퍼하지 말아라. 사랑하는 어머니가 있으니... 고향에 계신 부모 형제 동포여 더 살고 싶은 것이 인정입니다. 그러나 죽음을 택해야 할 오직 좋은 기회를 포착했어요. 백 년을 살기보다 조국의 영광을 지키는 이 기회를 택했어요. 안녕히, 안녕히들 계십시오.

독립투사의 모습을 그려 보세요.

 **42** | 한국사 Ⅷ

논제 : 중 · 일 전쟁에 동원되었던 우리 민족의 마음이 어떠했을지 써 보세요.

〈중 · 일전쟁〉

1937년 루거우차오 사건에서 비롯되어 중국과 일본 사이에 벌어진 전쟁. 일본이 중국 본토를 정복하려고 일으켰는데 1945년에 일본이 연합국에 무조건 항복함으로써 끝났다.

〈루거우차오 사건〉

1937년 7월 7일 밤에 루거우차오 부근에서 일본군과 중국군이 충돌한 사건. 중국의 쑹저위안의 군대가 먼저 발포하였다 하여 일본군이 루거우차오를 점령하였는데, 그 후 중일 전쟁으로 발전하였다.

떠오르는 영상을 그림으로 표현해 보세요.

논제 : 반민족 행위 처벌법에 대한 자신의 생각을 논리적으로 쓰시오.

	1948년에 반민족 행위자들을 소급 입법에 의하여 처벌할 수 있도록 한 특별법. 일제 강점기에 반민족적인 행위를 한 사람을 처벌하기 위하여 만들었으나, 정부의 미온적인 태도로 실효를 거두지 못하였다.
반민족 행위 처벌법을 읽고 생각나는 것을 그려 보세요.	

 **44** 한국사 X

논제 : 5·18 민주화 운동에 대한 자신의 생각을 논리적으로 쓰시오.

	1980년 5월 18일에서 27일까지 전남 및 광주 시민들이 계엄령 철폐와 전두환 퇴진 등을 요구하며 벌인 민주화운동. [네이버 지식백과] 5.18 민주화운동 (시사상식사전, 박문각)
연필화	

 **45** | 역사

논제 : 역사를 공부해야 하는 이유를 논리적으로 쓰시오.

	백의민족
	호랑이
	대한민국
	태권도
	무궁화
	양궁
	붉은악마
우리나라 상징적으로 표현하기(자유화)	

 **46** | TV

논제 : "매일 TV 시청, 해도 된다."에 대한 자신의 생각을 논리적으로 쓰시오.

	"오래 살려면 TV 시청 줄여야"
관련 기사 발췌하여 헤드라인 쓰기(POP)	

 **47** | 책 친구

논제 : "책은 내 친구다."라는 명제에 대한 자신의 생각을 논리적으로 쓰시오.

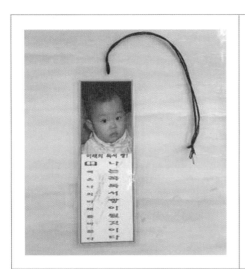

| 책갈피 그리기 |

_____

_____

_____

_____

_____

 **48** | 메모

논제 : "메모는 중요하다."라는 명제에 대한 자신의 생각을 논리적으로 쓰시오.

메모 꽂이 만들기

 **49** | 만화책

논제 : "만화책은 올바른 독서습관을 가질 수 있도록 돕는다."라는 명제에 대한 자신의 생각을 논리적으로 쓰시오.

창작 북아트

_____

_____

_____

_____

_____

_____

50 | 정리

논제 : "청소는 즐겁다."라는 명제에 대한 자신의 생각을 논리적으로 쓰시오.

엉망	깔끔
내 방의 모습을 한 단어로 표현하기	

_____

_____

_____

_____

_____

 **51** | 요리

논제 : "요리를 통하여 대한민국을 알릴 수 있다."라는 명제에 대한 자신의 생각을 논리적으로 쓰시오.

여러 가지 재료로 한국 음식 만들기 (요리, 클레이아트, POP)

_____

_____

_____

_____

_____

_____

 **52** | 한글

논제 : "한글"로 우리나라를 알리는 방법을 논리적으로 쓰시오.

한글 디자인 / 한글 캐릭터 창작하기(POP)

＊ 자신의 의견을 논리 있게 써 봅시다.

주장 : _____

_____

근거 1. _____

근거 2. _____

근거 3. _____

결론 : _____

_____

 **53** │ 친구

논제 : 친구의 장점을 쓰고 친구에게 알맞은 직업군을 논리적으로 쓰시오.

친구 모습을 그려 보세요.	친구의 장점을 캐릭터로 만들어 보세요.
친구 캐리커처 그리기(장점 캐릭터 창작하기–POP)	

＊자신의 의견을 논리 있게 써 봅시다.

_____

_____

_____

_____

_____

논제 : 태극기를 소중히 해야 하는 이유는 논리적으로 쓰시오.

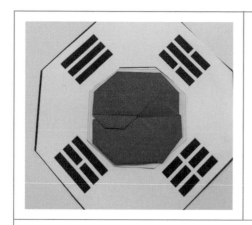

태극기 그리기

＊자신의 의견을 논리 있게 써 봅시다.

_____

_____

_____

_____

_____

_____

_____

 **55** | 유교전통

논제 : "유교전통은 지켜져야 한다."에 대한 자신의 생각을 논리적으로 쓰시오.

유교 전통을 지키는 모습을 그려보세요.

＊ 자신의 의견을 논리 있게 써 봅시다.

_____

_____

_____

_____

_____

_____

핫세 언니의 자격증 육아
이론편 목차

[제 1 장]
육아하며 취득한 28개의 자격증

01 육아는 자기 계발이다
02 내 아이만을 위한 수업이 진짜 수업으로
03 글로 쓰면 논술, 말로 하면 토론
04 스스로 공부하게 하는 방법
05 영어와 중국어는 엄마와 함께
06 엄마의 진로 교육, 부모교육이 필요해
07 인성이 실력이다

[제 2 장]
아이는 1살, 나는 방과 후 교사

01 29살에 첫 책을 읽은 이유
02 오롯이 책과 하나 되기
03 갓난아이와 함께 수료식 가기
04 3시간만 기다려
05 선생님을 기다려
06 보기 드문 젊은 선생
07 세상에 하나뿐인 책갈피

[제 3 장]
아이는 6살, 나는 슈퍼우먼

01 주경야독, 나는 대학원생
02 어린이집 선생님
03 나이 많은 교생선생님
04 대학원 조교
05 머리카락 어디 갔어?
06 민간자격 등록, 체험 논술지도사

[제 4 장]
아이는 8살, 나는 공부방 선생님

01 박사 학위보다 아이들
02 시끄러운 공부방
03 네가 한번 가르쳐 봐
04 책을 가지고 노는 아이들
05 논술 시간에 요리는 왜 해?
06 독학이 취미다

[제 5 장]
아이는 13살, 나는 목독 맘

01 목숨 걸고 책을 읽는 엄마
02 운명을 바꾸는 방법
03 함께 해요, 제발
04 들어볼래요?
05 하루 15분 시간 내기
06 목소리 독서 클럽

[제 6 장]
12시간 책을 읽고 그림을 그리는 아이

01 임명장, 그게 뭐라고
02 30점에서 만점으로!
03 세상이 너를 궁금해해
04 자전거 타는 방법
05 엄마를 닮아서
06 거리가 필요할 때
07 내 몸을 빌려 세상에 온 신(神)

더로드
The Road Books

핫세 어니의 자격증 육아[이론편] | 저자 김영희 | 272쪽 | 신국판 변형 | 컬러 | 값15,800원

배움의 기본은 가정에서
엄마와 하는 것이 가장 효과적이다.
그래야 생활이 되고
어렵지 않게 배움을 이어갈 수 있다.

엄마와 함께 하면 학습이
놀이가 된다.